INV
Z
BIBLI

LA COUR.

DIALOGVES.

A PARIS,

Chez Jean Ribou, sur le Quay &
proche la grande Porte des Au-
gustins, à la décente du Pont-
neuf, à l'Image S. Louis.

M. DC. LXXXIII.

Avec Privilege du Roy.

au long portées par lesdites Lettres.

Et ledit sieur de Preschac a cedé son Privilege à Iean Ribou, Marchand Libraire, suivant l'accord fait entr'eux.

Registré sur le Livre de la Communauté des Imprimeurs & Libraires. signé ANGOT, Syndic.

Achevé d'imprimer le 16 iour de Ianvier 1683.

LA
COUR.
DIALOGVES.

PHILANDRE
ET
CISENE.

PREMIER DIALOGUE.

PHILANDRE.

UELLE merveille
sage Cisene, de
vous voir encor

A

icy, aprés toutes les re-
folutions que vous aviez
faites de ne vous éloi-
gner jamais de voftre
Maifon de campagne!

CISENE.

Je n'ay point changé
de fentimens, cher amy,
car vous fçavez que j'ay
efté affez longtemps à la
Cour, pour en eftre déf-
abusé. Je ne croyois pas
même qu'il y eût rien
fur la terre qui pûft me

donner de la curiosité : Cependant j'ay oüy dire des choses si surprenantes de voftre Prince, aux François, & même aux Etrangers, que j'ay voulu m'en éclaircir par mes propres yeux, ne pouvant pas m'imaginer que l'homme qui eft un fujet fi borné, pûft parvenir à un état fi parfait, & ayant auffi de la peine à croire que tant de Nations differentes qui publient les loüan

PHILANDRE.

Parlez-moy plus franchement, cher Cifene, & convenez qu'un homme qui a paffé prefque toute fa vie à la Cour, fe laffe bien-tôt de la campagne, & honteux de s'eftre retiré trop legerement, il cherche des raifons pour donner quelque pretexte. à fon retour.

CISENE.

Vous vous trompez, Philandre : Quand on a l'esprit un peu reglé, & qu'on a pris son party, on ne doit jamais changer. J'avois examiné toutes les Cours de l'Europe, avant que de me retirer : J'avois vû de prés tout ce qui s'y passoit ; & j'en estois si fort désabusé, que je ne me suis jamais ennuyé un quart d'heure à la campagne, ne connoisſant point de condition plus malheureuſe que celle du Courtiſan.

PHILANDRE.

Ce diſcours convient fort à un homme qui ne veut point ſe démentir. Vous m'avouërez cependant, que vous ne trouvez pas à la campagne les reſſources que vous avez à la Cour; où

il ne tient qu'à vous
d'estre dans un commer-
ce continuël avec tout
ce qu'il y a de person-
nes distinguées dans le
Royaume. Vous choisis-
sez ceux qui vous ac-
commodent. Vous estes
en état de rendre service
à vos amis. Vous estes
à la source des graces.
Vous avez mille plaisirs
differends ; & lors que
tout cela vous ennuye,
ou vous fatigue, il dé-
pend de vous de trouver

la solitude, au milieu de
la Cour, & de vous re-
tirer en particulier.

CISENE.

Ne comptez-vous pour
rien de n'estre jamais à
soy, de trouver par tout
des personnes qui sont
au dessus de vous; de ne
pouvoir jamais dire ce
que vous pensez; d'estre
presque toûjours debout
& découvert; d'inter-
rompre vostre sommeil,

pour vous trouver au
lever & au coucher du
Prince ; d'eſtre preſſé à
table, & mille autres in-
commoditez que ceux
qui veulent bien faire
leur cour, ne ſçauroient
éviter?

PHILANDRE.

L'habitude & l'eſpe-
rance de réüſſir, rendent
toutes ces choſes ſi fa-
ciles, que bien loin de
les regarder comme une

maître dans la plûpart
des endroits où vous
vous trouvez ; & vous
avez rarement le chagrin
de rencontrer des per-
sonnes qui soient au des-
sus de vous.

PHILANDRE.

Oüy , mais à quoy
vous sert-il d'estre fort
instruit des interests des
Princes , de sçavoir les
belles Lettres , & d'estre
un homme universel, si

vous vous reduifez à une
vie retirée & particulie-
re, où vous n'avez jamais
occafion de faire aucun
ufage de toutes ces gran-
des connoiffances ?

CISENE.

Cela me fert pour me
faire connoître la vanité
de toutes ces chofes. J'ay
des plantes & des fleurs
qui me font plaifir à
voir. J'ay des Livres qui
m'amufent agréablemét,

de la premiere qualité.

CISENE.

Le malheur des autres ne rend pas noſtre condition meilleure, il faut joüir de ſa bonne fortune. Lors qu'on eſt aſſez heureux d'eſtre déſabuſé de la Cour, & de n'avoir plus d'ambition, y a-t-il rien de comparable à la vie innocente de la campagne ? Vous avez le plaiſir de voir lever &

coucher le Soleil. Vous trouvez tous les jours quelque nouveau sujet d'admiration dans ses productions. Vous vivez sans contrainte, voftre appetit régle l'heure de vos repas : Et si vous ne trouvez pas des personnes qui ayent autant d'esprit que ceux qui font à la Cour, vous voyez en revanche des hommes naturels, qui vous parlent sans déguisement. Vous eftes le

& je cesse de lire aussi-
tôt qu'ils m'ennuyent.
Au lieu que dans le
monde on ne se défait
pas quand on veut, d'un
homme de mauvaise
compagnie , qui vous
entretient quelques fois
malgré vous.

PHILANDRE.

Je suis assuré que vous
trouverez cette Cour
fort differente de toutes
celles que vous avez fre-

quentées, & je vous ré-
pons par avance, que
vous aurez de la peine à
la quitter, lors que vous
y aurez esté quelque
temps.

CISENE.

Je ne crains pas que
cela m'arrive. Je connois
toutes les Cours. J'en ay
vû où le Prince n'est
qu'un phantôme, au nom
duquel tout se fait sans
qu'il ait jamais connoif-

du plus petit endroit par
où vous aurez eu le mal-
heur de leur déplaire. Je
plains beaucoup ceux qui
sacrifient leur liberté à
leur ambition, & qui se
privent d'un bien si pré-
cieux, dans l'esperance
d'une fortune dont la
plûpart ne joüissent ja-
mais.

PHILANDRE.

Je conviens que la
plûpart des Cours res-

semblent à la peinture
que vous venez de faire:
Cependant, si vous vou-
lez examiner la noſtre
ſans prévention, vous en
ſerez ſatisfait ; & je ſuis
aſſuré que vous admire-
rez la ſage conduite de
noſtre Prince.

CISENE.

Je ſuis perſuadé que
voſtre Prince a de gran-
des qualitez , & je ne
doute pas que les Cour-

tiſans ne trouvent des
avantages conſiderables
à le ſervir. Vous m'a-
voüerez neantmoins qu'-
il n'eſt pas au pouvoir
du Prince de changer
un certain caractere qui
regne dans toutes les
Cours, ny de bannir l'en-
vie, la diſſimulation, la
haine, & tant d'autres
paſſions qui rongent d'ordinaire le cœur du Cour-
tiſan. D'ailleurs le Prince ne peut pas tout fai-
re, & quelque habileté
qu'il

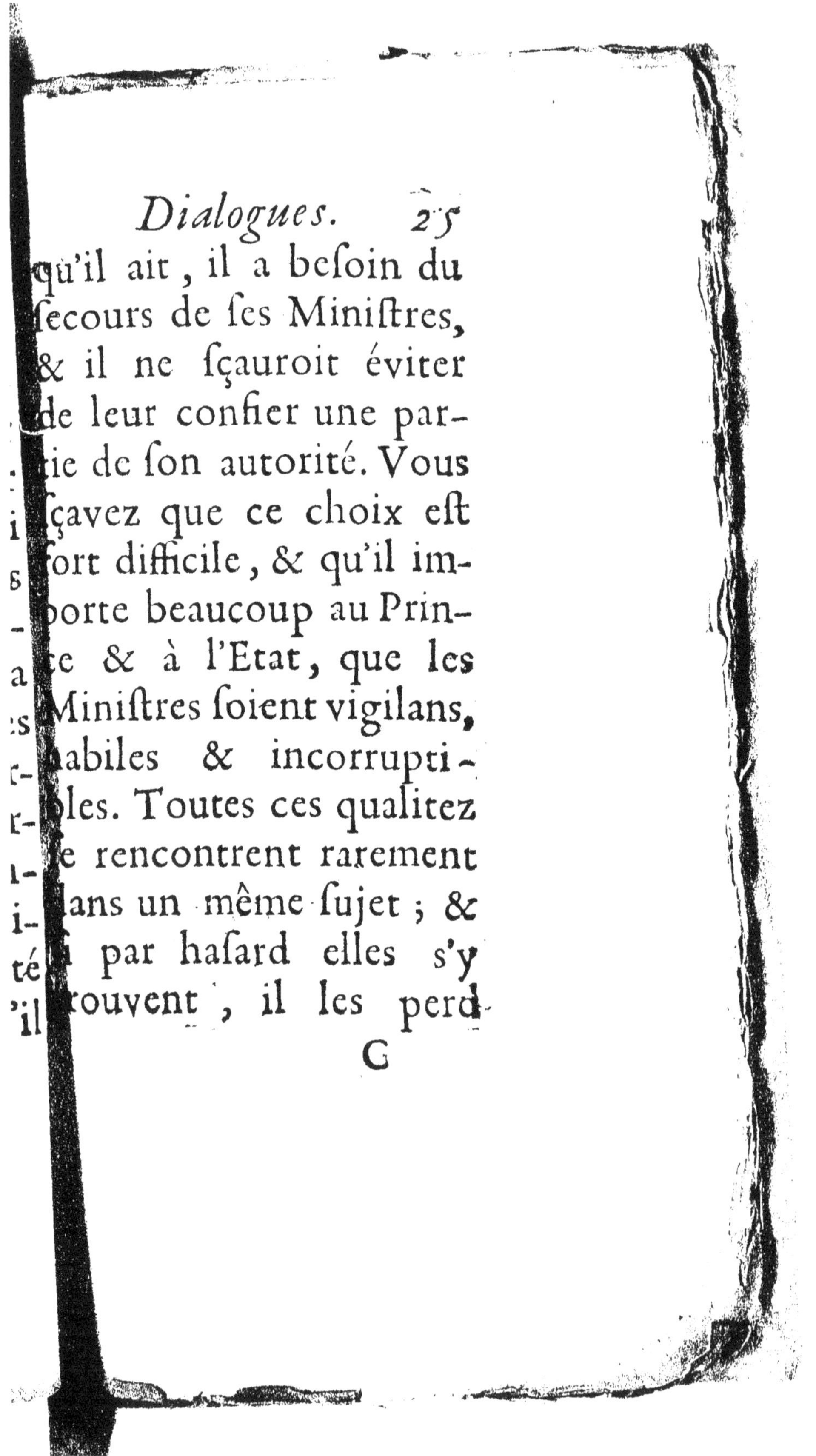

qu'il ait, il a besoin du
secours de ses Ministres,
& il ne sçauroit éviter
de leur confier une par-
tie de son autorité. Vous
sçavez que ce choix est
fort difficile, & qu'il im-
porte beaucoup au Prin-
ce & à l'Etat, que les
Ministres soient vigilans,
habiles & incorrupti-
bles. Toutes ces qualitez
se rencontrent rarement
dans un même sujet ; &
si par hasard elles s'y
trouvent, il les perd

G

d'ordinaire bientôt aprés
son élevation. Comme
noſtre imagination nous
repreſente ſouvent les
choſes que nous avons
accoûtumées , je vous
avouë que je ne pouvois
m'empêcher de réver
dans ma retraite aux
chagrins qu'on eſt obli-
gé d'eſſuyer à la Cour;
& j'ay penſé mille fois
s'il ne ſeroit pas poſſible
de rendre la condition
du Courtiſan meilleure.
Je me ſuis même fait

une idée d'une Cour où tout le monde feroit heureux. Mais je me fuis attaché particulierement aux qualitez neceffaires à un Prince parfait, & à la conduite que je voudrois qu'il eût avec les Courtifans.

PHILANDRE.

Que pretendriez-vous donc que le Prince fift ? Voudriez-vous qu'il don- nât à tous les importuns,

te. Je souhaiterois enco-
re qu'il fût agreable &
facile dans son Domesti-
que ; qu'il ne cherchât
les plaisirs que pour se
délasser l'esprit , & qu'il
n'eût point de peine à
les quitter, lors qu'il faudroit s'appliquer aux af-
faires de l'Etat ; qu'il
sçûst distinguer les bons
conseils des mauvais , &
qu'il prît son party juste
lors que l'occasion s'en
presenteroit. Voila, cher
amy, une partie de mon
idée

idée & les qualités que
je demanderois à un Prin-
ce, pour estre agréable-
ment à la Cour.

PHILANDRE.

Quand vous auriés esté
auprés du Roy tout le
temps que vous avés paf-
fé dans vostre retraitte,
vous ne feriés pas mieux
fon portrait.

D

CISENE.

Je ne doute point encore une fois que voſtre Prince n'ayt pluſieurs grandes qualités : Mais vous voyés bien que la peinture que je viens de faire, eſt plûtôt une idee que je me ſuis faite dans ma ſolitude, qu'un portrait qui puiſſe reſſembler à aucun Prince.

PHILANDRE.

Vous estes homme de bon goust, vous pourrés examiner ce Prince : Mais je vous réponds par avance, que vous luy trouverés des qualités fort au dessus de toutes celles que vous souhaittés, à celuy que vostre idée a eu tant de peine à vous representer.

CISENE.

Je ne blâme point vos sentimens, un Courtisan doit toûjours parler de son Prince, avec estime : Mais croyés moy, il est presque impossible de trouver dans un même sujet, toutes les qualités que je viens de peindre.

PHILANDRE.

Defaites vous de cette

erréur, & foyés perfuadé
que nôtre Prince les a, &
qu'il les met toutes en
pratique, d'une maniere
qui vous donnera de
l'admiration pour luy.

CISENE.

Cela me paroît diffici-
le ; mais ce n'eft pas encore tout : Je voudrois
que toute la Famille Ro-
yale fût fort unie, que
le Prince eût une grande
confideration pour fon

Epouſe, que ſes Freres ou
ſes Enfans euſſent beau-
coup de déference pour
luy, & une ſoûmiſſion
aveugle à toutes ſes vo-
lontés. Mais je ſouhait-
terois auſſi que le Prince
en uſât d'une maniere
avec eux, qu'ils fuſſent
obligés de l'aymer par
raiſon & par reconoiſ-
ſance, auſſi bien que par
inclination & par de-
voir.

Comme le Prince eſt
obligé de confier les plus

importantes affaires de l'Estat aux Ministres, je demanderois qu'il eût un Chef de Justice d'une experience consommée, d'une probité connüe & d'une vie sans reproche, qui ne laissât pas malgré l'attachement inviolable qu'il auroit pour le Prince, de luy representer dans les occasions, les interests des Peuples avec beaucoup de fermeté. Je voudrois qu'il y eût une noble émulation entre

les autres Miniſtres; & que
toutes les fois qu'on exa-
mineroit leurs fonctions,
on fût eſtonné de leur
grande application, & de
leurs ſoins infatigables,
& qu'on ſe trouvât toû-
jours embarraſſé de deci-
der ſi le Prince eſtoit
mieux ſervy dans les
affaires de la guerre, ou
dans celles des finances,
dans les affaires de la ma-
rine, & du dedans du
Royaume, ou dans cel-
les qui ont relation aux

Etrangers, & enfin que le merite de leurs servi-ces parût dans le bon estat des affaires du Prince.

Je souhaiterois que ce fût le Prince luy-même qui fit toutes les graces, qu'elles fussent distri-buées avec beaucoup de distinction, & s'il estoit possible je voudrois qu'il les proportionât au meri-te de ceux qui le servent & à la qualité des servi-ces qu'ils luy rendent;

Mais il faudroit auffi que
les Courtifans fuffent
fort retenus à demander;
& que lorfqu'ils ont ren-
du un fervice important,
ils fuffent perfuadés qu'ils
n'avoient fait que leur
devoir , & qu'ils re-
çûffent les bien faits du
Prince comme une gra-
ce , & non pas comme
une recompenfe : Car
enfin lorfqu'un homme
de qualité a fait une
action de valeur, ne fe
doit-il pas cela à luy-

même ? sa naiſſance &
ſon honneur ne l'enga-
gent-ils pas à mépriſer
toute ſorte de perils pour
le ſervice du Prince ? &
ozeroit-il faire autre-
ment ſans manquer à
ſon devoir , & ſans ſe
deſ-honnorer? Cependant
la pluſpart s'imaginent
que le Prince leur a de
grandes obligations , &
qu'il leur fait injuſtice
lorſqu'il retarde ſes graces ou qu'il attend des

chofes qui leur convien-
nent pour leur témoi-
gner fon eftime.

PHILANDRE.

Je fuis ravy de vous
entendre parler fi jufte,
Mais je ne fçaurois
m'empécher de vous dire
que vous trouverés icy
tous les caracteres que
vous venés de repre-
fenter.

Ci-

CISENE.

Il y a plusieurs cho-
ses qui peuvent ressem-
bler : Mais ne nous flat-
tons pas, & songez que
ce n'est qu'une idée que
je me suis faite par rap-
port aux connoissan-
ces que j'ay de ce
qui manque d'ordinaire
dans les Cours. Laissez
moy finir, & vous con-
viendrez avec moy, qu'il
n'est pas possible de

trouver fur la terre, une Cour qui puiſſe remplir mon idée.

PHILANDRE.

Continüez donc, & je vous repondray enſuite.

CISENE.

Je voudrois que le Prince eût un Palais aſſez grand, pour y loger commodement toute la

Famille Royale, les Dames, les Perſonnes de la premiere qualité, & tous les Officiers neceſſaires pour le ſervice. Je demanderois qu'il y eût tous les jours des plaiſirs differens ; & parce que en hyver il eſt nuit de bonne heure, il faudroit qu'il y eût dans ce Palais de grands apartemens magnifiquement éclairez, où des perſonnes de toute ſorte de gouſt trouvaſſent à ſe

fatisfaire ; je voudrois
qu'il y euft de la Sym-
phonie pour divertir
ceux qui ayment la Mu-
fique ; qu'il y euft en-
core une efpece de bal,
qui fit un fpectacle di-
vertiffant, que les Joüeurs
trouvaffent à joüer à
toute forte de jeux ; qu'il
fût permis à ceux qui
preferent la converfa-
tion aux autres plaifirs
de fe promener par tout
fans fe contraindre ; qu'il
y euft une infinité d'ou-

vrages parfaits de Pein-
ture , & de Sculptute ,
pour arrester agreable-
ment la veuë de ceux
qui en connoiſſent le
merite ; que tous les
meubles fuſſent extrê-
mement riches , qu'on
trouvât de la magnifi-
cence par tout , & qu'il
n'y euſt rien qui ne don-
nât de l'admiration : &
afin que perſonne n'euſt
rien à deſirer , & que
ceux qui ne ſe conten-
tent pas des alimens de

l'esprit trouvassent en-
core à se satisfaire, je
souhaitterois qu'il y eust
une grande profusion,
de liqueurs de confitu-
res, & de fruits, aban-
donnez à la discretion
de tout le monde ; qu'il
y eust de l'ordre & de
la propreté par tout, &
que l'esprit du Maistre,
quoyque fort au des-
sus de ces bagatelles,
ne laissât pas de paroistre
en toutes choses, pour
rendre encore tous les

plaiſirs plus agreables,
& que chacun en pûſt
joüir ſans ſe contrain-
dre : je voudrois que le
Prince voulût dans ces
occaſions ſe défaire de
ſa grandeur, & que ceux
qui joüent ne fuſſent
pas obligez d'abandon-
ner le ſoin de leur jeu
pour rendre le reſpect
qu'ils doivent au Prince.

Je ſouhaitterois qu'-
en Eſté on trouvât de
grands Jardins à perte
de veüe, mêlez de quan-

tité d'allées & de petits
bois, où il fut permis à
tout le monde de se pro-
mener à l'ombre ou à
découvert ; qu'il y eût
une si grande diversité
de Fontaines & de jets
d'eau, qu'on ne cessât
jamais d'estre dans l'ad-
miration de voir à tout
moment des choses sur-
prenantes & nouvelles :
Et comme dans tous les
plaisirs la diversité plaît,
je voudrois qu'à l'extres-
mité de ce Jardin on

trouvât un bras de mer,
qui eût à son embou-
chûre une infinité de
Vaisseaux, de Galeres &
de Barques magnifique-
ment parées, afin que le
Prince & les Dames al-
lassent quelquefois joüir
de la fraîcheur de l'eau.
Je souhaitterois qu'un
agreable concert de tou-
te sorte de voix & d'ins-
trumens accompagnast
cette paisible naviga-
tion ; qu'on rencontrât
ensuite des parterres pa-

rez de toute forte de
fleurs d'une odeur mer-
veilleufe ; & afin que
rien ne manquât à la
magnificence du Prince,
je fouhaitterois qu'il y
eût encore un reduit où
l'on trouvât des animaux
de toute forte d'efpeces,
& même ceux qui ne fe
voyent que dans des
Païs fort éloignez ; que
des tables magnifique-
ment couvertes, fervif-
fent d'amufement aux
Dames pour fe délaffer.

Enfin je voudrois que dans tous les plaisirs où le Prince auroit quelque part, on y trouvât à satisfaire le goût, la vûë, l'odorat & tous les sens.

Ce n'est pas tout, car je souhaitterois que selon les Saisons, la Cour changeât de lieu, & même que le Prince trouvât moyen de se détacher quelques fois de la multitude, afin de jouïr dans quelque une de ses Maisons, des plaisirs de la chasse & d'une societé plus particuliere : Mais il faudroit que dans ces occasions il ne fût suivy que par des personnes choisies, & que tout le monde fût servy & défrayé par les Officiers du Prince.

Lors que vous me montrerez une Cour qui réponde à cette idée, je veux renoncer à ma retraite, & je vous promets de devenir Cour-tisan.

Phi-

PHILANDRE.

Allez vous - en paſſer un mois à Verſailles, donnez-vous le ſoin d'examiner la conduite du Prince, la Maiſon Royale, les Miniſtres, les divertiſſemens de la Cour, le Palais, les Iardins, & les meubles : Et ſi vous m'en croyez, écrivez tout d'un temps à vos gens qu'ils cherchent à vendre voſtre Maiſon de Campagne : car ſi vous eſtes homme de parole, vous ne vous éloignerez plus de noſtre Cour.

CISENE.

Ie ne ſuivray pas tout à fait voſtre conſeil : mais je vous promets de ſéjourner aſſez long-temps à Verſailles, pour y pouvoir examiner tou-tes choſes : Et à mon retour je vous diray mes sentimens sans aucun dé-guisement.

F ij

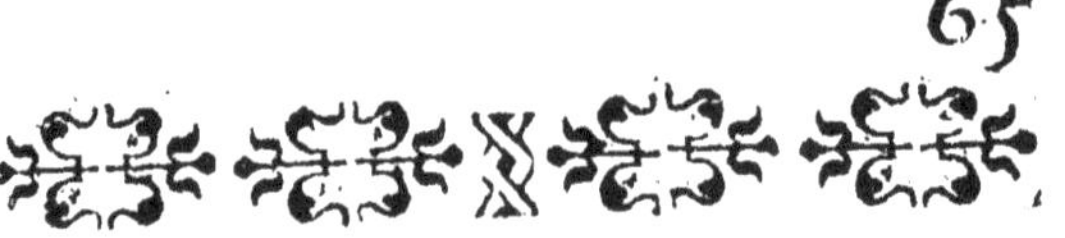

DIALOGUE
SECOND.

PHILANDRE,
&
CISENE.

PHILANDRE.

J'Avois une impatience extrême

que vous fussiez revenu de Versailles, pour sçavoir vos sentimens sur nostre Cour.

CISENE.

Je suis si confondu, cher Philandre, de toutes les merveilles que j'ay vûës, que je n'oserois plus vous parler, de peur que vous ne vous souveniez encore de l'entête-ment où j'estois sur les

Cours. Je me réglois sur celles que j'avois frequen-tées, & je croyois que tous les Princes se ressembloient. Je vous avoüe que le vostre passe l'idée que je m'estois faite. Je luy ay même trouvé des qualitez que je n'avois jamais imaginées : ce qui me fait voir qu'on ne sçauroit luy rendre assez de justice, & qu'il est infiniment au dessus de tout ce qu'on peut pen-

que je trouve une Cour
où chacun peut prati-
quer la vertu à l'exem-
ple du plus fage Maître
de l'Univers, je veux
profiter de ma bonne for-
tune.

PHILANDRE.

Ie fuis ravy qu'un
homme de fi bon goût
foit dans ces fentimens.

www.ingramcontent.com/pod-product-compliance
Ingram Content Group UK Ltd.
Pitfield, Milton Keynes, MK11 3LW, UK
UKHW031803170726
13836UKWH00003B/1166